KB195340

조갑조
시집

입술이 칸나 꽃잎처럼

조갑조
시집

도서
출판 북인

2024

달무리를 입안에 넣고 밤새도록
써레질하다 뭉개면,
뜨거워지는
까만 눈물 점, 점, 점

2024 늦가을 물푸레마을에서
조갑조

차례

1부

우리는 다시 풀어질 수 없나요

가족사진

우리의 손이 서로 닿을 때마다
금속성 소리가 났어요

액자 속에 갇힌 가족의 입가에는 웃음이 없어요

당신의 표정은 왜 투정을 부리고 있지요?

불안은 금세 깻잎 한 장처럼 금을 그어요

꿈속에서 당신이 손을 놓아버렸지만
현실에서는 우지끈 식탁이 깨졌어요

그래도 긴긴 세월 동공엔 쨍한 상처 하나 없었다고
수저 들면 나는 눈물이 나요

우리는 다시 풀어질 수 없나요?

엄마는 밤마다 인도에 간다

그늘보다 더 큰 독이 있을까

인도에 가봐
엄마는 어지럼증을 일으킨다

유도화*를 본 적 있어

질문이 식탁 근처에서
큰길을 내는 소리

한글도 겨우 읽는 엄마가 그 먼 인도를 어찌 알까

그늘 잠긴 얼굴에서
꽃잎 생각만 하는 날이 많다

장독대의 실금이
길가로 퍼지는 밤

된장이 독 밖으로 삐져나와
곰팡내 나는 유도화를 피운다

*유도화(합죽도) : 인도 남부지방에 서식하는 꽃. 꽃잎에 독성이 있어 유산한다는 설.

가르쳐주지 않습니다

창가에 흰 커튼이 멀리까지 휘날려서
달이 계수나무 멀미를 합니다

달빛이 내 몸을 돌돌 말아서 꿈을 꿉니다

휠체어에 앉아서 뭔가를 숨기는 그의 민낯이
내 두통의 원인이어서
서둘러 눈길을 피해 보지만
달빛은 내 얼굴을 환하게 꿰뚫습니다

나뭇잎 가리며 수줍어하던
두 갈래 머리 땋은 여학생처럼
달빛은 내 몸 뒤틀리는 두통을 자르고
하얀 커튼 사이로 빠져나갑니다

실오라기 같은 어둠이 파열되지 않게
계수나무 줄기를 붙잡습니다

휠체어 탄 그의 뒷등을 미는 달빛
내 두통에 대해서 아무도 가르쳐주지 않습니다

가족을 팝니다

손댄 흔적 없는 꽃잎 편지가 날아갑니다
내 이마를 건들며

양지 꽃다발을 얹어놓고

가족을 내다팝니다

잠깐의 봄빛이 병실 문을 서치라이트처럼 훑지만
엄마는 보이지 않습니다

환청으로 들리는 앰뷸런스 소리와
꽃들의 눈물 때문에
상석에 늘어놓은 이름 하나하나를 다 파내지 못합니다

꽃을 버린 홀씨처럼 화면이 정지되면서
나도 흑백의 피사체에 갇히고 맙니다

아버지마저도 민들레 울음과 함께 구덩이를 팠습니다

봄 구덩이 속에 든 가족을 향해 줌을 당깁니다

검은 천막 너머

대못 박힌 천막 틈새로
그림자가 또 끓어오른다

당신과의 기나긴 싸움
대답을 삭히고 꼬리를 잘라내도
천막은 끝없이 펄럭인다

흰 새벽 아무리 마음을 펌프질해도
새 말이 일어나지 않고
가래조차도 위로 끌어올리지 못한다

흐린 하늘엔 장마구름이 날린다
말 못할 시간이 길어진 것을 아는지
소낙비가 점점 굵어진다

신지 못하는 신발
새벽에도 내 주변을 자박자박 돈다

21세기 문상

늦밤 전화기에서
그녀의 울음이 빗소리로 꽂힌다

십오 년간의 사랑이라며
꺼억 꺽,
끝말을 잊은 채
별나라로 간 아이의 사연을 쏟아낸다

가슴 위로 너럭바위가 앉는다

"삼가 고인의 명복을 빕니다"

머리를 들자, 영정 사진에서
네 발이
마구 풀밭 위로 뛰어다닌다

멍멍이님을 조문弔問하다 말고
눈물이 불줄기로 변해
저놈을 잡으려고 뛰쳐나간다

만물상담소

하루에 한번 배를 타고 가는 덕적도, 보건진료소의 군의관 복무 시절이다 봄날 나비처럼 바쁘게 날아다니던 의무실, 나비무늬목 분홍벽지와 같던 붙박이, 눈 많이 내린 다음 날은 벽지에서 나비가 날아다녔다 부러진 팔을 부여잡고 겨우 걸으며 들어서는 서포리 김씨 노인, 따뜻할 때 먹으라고 검은 봉지 속 고구마를 퉁명스럽게 내밀던 인천식당 아줌마, 월미댁은 며칠 전 누렁이가 새끼를 여섯 마리 쳤다며 검은 머리보다 개에게 정을 주는 게 훨씬 낫다고 때아닌 너스레를 떨었다

섬나라 보건소는 병 고치는 일보다 인생 상담이 먼저다

오늘처럼 눈 많이 내리는 날이면
눈발도 바다 위에서 하늘하늘 날갯짓으로 내리겠다

메꽃 입을 가진 여인이 방문하는 날이면 창문에 눈동자들이 들러붙어 공격을 해댔는데, 지금은 무릎 연골에 메스를 가하느라 그 검은 머리를 거둘 수 없고, 내 머리조차 올릴 시간도 없다 벽에 붙은 분홍나비만 한솥밥 식구인가

귀뚜라미 족속

책방 들머리에서 오래도록 책을 보는 일을 좋아해요
정원이 있는 가을집이라면 더 좋겠지요
읽는 것에 익숙해 시집 속의 계절까지 읽어요
문장들이 뼈인지, 살인지
꾹꾹 누르면
날리는 연탄가루처럼 꺼먼 머릿속으로 굴을 파고 들어가요
한참 후 나오면 숲속이죠
활엽수를 건너가는 철로를 따라가요
축축한 잎들은
무장 무장 느린 영상으로
오래 전 다듬이를 두드리며 한지 창을 여는
여인을 바라보죠
갈변의 느티나무 잎을 두드리는 것도
가을비란 것을 알게 되죠
비가 뚝 멎는 숲속에서 마지막 장을 꾹 누르자
볼펜을 쥔 손에서 땀이 배어나오고요
풀벌레 울음이 목젖에 달라붙는
창가에 서 있네요
그 밤 책이 다 젖어 부풀어 올랐어요
옛날이나 지금이나
가을 여인들은 모두 귀뚜라미 족속이지요

빌려 쓴 잠

거기서 따뜻한 잠을 자는 당신
경계를 두어서
나는 잠들지 못하고

골목 슈퍼에서 잘못 보관한 우유처럼
안개 속에 갇혀 있다

눈앞에 보이는 헛것들이
눈동자를 히프노스* 신전 기둥에 묶고
당신에게 따뜻한 잠을 빌려달라고 애원한다

흐릿한 동공을 닦기 위해 손으로 비벼본다

안개가 꿈틀거릴 때마다
잠의 흉터가
옹이처럼 앉아 잠의 농도는 뻑뻑해지고

발목 잡는 이도 없는데
원심력으로 퍼진 안개는 더 멀리 가지 못하고
주위를 머뭇거린다

누군가 나타나 지팡이를 치며
잠의 흉터를 영원히 봉합해버린다

*그리스 신화에 나오는 잠의 신.

키스로 봉한 편지*

해변식당 TV에서
이승기 노래 〈나방의 꿈〉이 쟁쟁거리고
마당의 칸나는 태양을 향해 입을 내미는데
한낮의 태양이 서둘러 빛을 내린다

멀리서 휘파람을 꺼내 부는 대머리가 걸어오고 있다

촉촉하게 들리는 휘파람 소리는
오래 전 내 혈관 속에 담긴 봄 기지개를 켜게 하고
불 꺼진 젊은 창문에도 나팔꽃으로 기어오른다

민머리 소년은 창가에서 낮은 음색으로
'키스로 봉한 편지'를 속삭였지만
내 가슴보다 늘 반 박자 느려
불꽃은 금방 사그라들었고,

올 리도 갈 리도 없는
지금 깜깜한 창가에는
회색 조약돌만 굴러다니는데

멀리서 들어오는 어선의 불빛 하나가
생각 속의 민머리에 부딪힌다

항구에 접안해도 별일 없는 어선 불빛이
테트라포드 밑으로 가라앉는 시간

나방은 나비가 될 수 없고
그 음악을 반복으로 들어도 놀라지 않는 파도가
마른 내 입술에 포개지는
그렇고 그런 저녁

* 'Sealed with a Kiss'는 Brian Hyland의 노래.

도둑 영화

이만희 감독의 〈만추〉 영화를 신나게 보는데
누군가에게 목덜미를 잡혀 끌려나갔다

악어가 나타났다

비 오는 필름은 상영관 화면을 가득 메운다
좀처럼 꿈에 보이지 않던 악어가
향토 물을 거슬러 나타났다

악어는 지배적인 포식자의 본능에 충실하느라
입을 쩌억 벌린다

헛바다에 거품이 인다
회색 눈알은 휘번득, 깨진 꿈의 몸에 또 상처를 낸다
붉은 핏물에서, 뒤엉킨 목덜미에서.
파닥이는 그녀의 입을 막는다

사냥에 집착하는 사내가
사슴 몰이하듯 한발, 한발,

읽지 못하고 놓친 영화 자막처럼
내 살점도 다 뜯긴 날이 있었다

말 화살

요양병원 창가 햇볕 아래
시퍼렇게 젖은 단어들을 뒤집는 중이다
눈동자는 보지 않고 떡잎부터 안다고 혀 차던 소리

내 영혼에 수분이 없던 어린이집 실습생 시절
아이는 물어도 대답하지 않고 실로폰만 쳐댔다
극도의 혼미가 고함으로 터져나오고
한계를 모르는 입은 초원으로 뛰쳐나가
벽을 뚫고 아이의 가슴을 정확하게 관통하고 말았다

첫째 딸이 태어나고 처음 엄마! 하던 그 순간에도
말이 벽에 갇힌 죄인의 혀라서
불빛에 노출될수록
여러 가지 빛깔로 굳으며 메말라갔다

생의 페달을 펑펑하게 밟고 갈 아이의 길을 나는
울퉁불퉁한 요철을 깔아놓았으니 꿈의 성장통은
하루살이 떼처럼
꽉 다문 입술과 함께 왕왕거리는 소리로 커가고 있다

경계를 넘나들던 천 개의 입을 발가벗겨
창가 햇살 아래 늘어놓는다

아이가 주는 불호령의 회초리에 다리가 멍들고 싶다

명사가 활발한 당신

당신은 불문가지 손짓으로 온다

밥, 밥, 동공을 들이댄다

정지된 삶을 떠받쳐주는 거실 안 식탁,
레이스가 늘어진다
깊은 주름살에 갈 길 급한 노을이
삶과 죽음마저 헷갈려 눈 밑의 명사가 급하다

이 세상에 없는 당신은 설핏한 웃음기로
한 기다림의 끈을 잡은 채
거실 속 풍경으로 박혀 졸고 있다

레드카펫, 하이칼라
번쩍이는 구두가 걷던 한때의 꿈을
지금 이곳에 와서 꾸고 있다

파란 입술이 감은 눈이 파르르

아직은 저세상의 타진이 오지 않아

흰 연기가 되지 못하고
뭉친 바람으로 있다

당신과 내가 마주 보고 웃는 벽

긴 문장이 죽은
밥, 약, 모자, 오롯이 살아 있는 명사
주먹 쥐고 흔들거나
입술이 오물거리는 것에 대해
극진한 동사가 어울릴 당신

고스트

구두굽 소리 하나 없는 밤이면
담벼락에 어룽거리는 당신 그림자가
벽화처럼 붙어 있다

물기 잃은 흰 다리
굽은 등을 억지로 지탱하는 힘살들
펑펑한 옷으로 감춘 몸

가끔 그것은 흙 묻은 벽 사이로
천천히 물기를 옮기며 걷기도 하는데

담벼락의 바람이 조금만 더 친절한 밤이라면
물기가 빙벽이 되어
눈동자를 허옇게 뒤집지는 않을 것인데

길고양이가 우두둑 계단을 뛰어 내려오다가
그 눈과 맞주친 듯이 오뚝 멈춰 선다

그의 성에 낀 털옷처럼
내 솜털도 모두 버석대며 일어나

검은 벽화를 힘껏 흔들어도 보는
그런 캄캄한 밤, 앞발을 치켜들며

점점 자주 찾아오는 검은 벽화의 밤

기념사진

모랫바닥에 주저앉아 갈매기를 그리면서
가난의 빈 그릇을 한숨으로 채웠던
너의 숨소리가
잔파도를 넘어 먼 파고를 바라보고 있다

뭍으로 나가 봄날을 그리겠다던 너
덤불을 다져 큰 둥지를 짓겠다던 너
서랍 속 사진에서는 웃고 있다

잔돌 박힌 벽이 싫다며 꺼내달라고 울부짖지도 않고
빈 봉투처럼 납작이 누워 있다

갈매기가 먼 저쪽으로 날아간다

모래 위에 그린 궁륭이 허물어질 때마다 구름층을 들
어올리던
안녕이라는 말

지금은 노을을 밀고 가야 할 시간

다시 서랍을 꽉 닫는다

2부

지금 내게로 오는 중일까

꽂힌 말

바람이 몸을 타는 늦가을에는
헤매던 날이 많았지

갈대 소리에
전화통이 몸살을 앓던 밤도 있었지

바람이 전선을 감고 아침을 날던 날에도
여전히 모르던 바람의 뜻

하늘로 날아올라
청산댁 집 앞에 가서 물어볼까?

강가의 물푸레

약봉지들이 여름을 안고 태양 주변을 돈다

섬이 드나드는 유빙처럼
알약을 삼키지 못해 눈빛으로 미루다가
약을 넘기다 말고
쉴 새 없이 터져나오는 기침에
입이 약봉지 뒤로 숨는다

어두운 밤이 서서히 문 안으로 스며들며
검은 바윗돌을 밀고 들어올 때
썩은 감자 도려내듯 그 밤을 잘라낸다

일찍이 백합묵주 한 뿌리를 심지 않았다면
느닷없이 이별을 어찌 건넜을까
어둠이 도둑처럼 떠나는 새벽
그가 처음 보는 옷을 껴입는다

강 저쪽으로 안개인 듯 명주 두루마기가 엷어지고
다정했던 얼굴
강가의 물푸레로 다시 만납시다

문자에 돌돌 말리는 오후

꽃비가 유리창 틈에 쌓이면
방안에 우두커니 앉았지만
플레어스커트 펄럭이며
벚꽃 터널을 헤맨다

올 리도 없는, 오지 않는
당신의 모습
고무신 끄는 소리로
나를 부르는 것 같아
오랫동안 귀 기울여본다

스마트폰을 열었다 접었다

그늘을 알 것도 모를 것도 같은 마당이
노을에 물들 즈음

문자 계단을 오르내리는 손가락으로
잭크의 콩나무에 앉은 당신 허상을
액자에 가둔다

오늘도 오지 않는 메시지에 내가 갇혀 있다

옛일

인파 속 당신을 찾았어요
야윈 얼굴이 안개꽃으로 피어
바람 오는 방향을 쳐다보았죠
서풍 같은 목소리에 가슴이 먼저 달려가는데
눈은 소말뚝에 감겼네요

물푸레 잎사귀는 구름막을 치고
당신의 웃음소리가 멀리서 가까이서 들려요

꿈에서 허공을 타고 내려오면
웃음과 갈피가 이야기책 사이에 끼워져
눈 밑을 자주 오가네요

병실 안 거친 당신의 기침 소리가
하루를 납작 엎드리게 하고 마음을 절벽에 기대게 해요

이기지 못한 야윈 손을 끌며
작은 물푸레나무 아래로 잡아끌지만
두 걸음 떼도 가슴을 오그린 채 침묵의 시위를 하네요

빛이 샌 새벽,

그날의 끈질긴 한숨을 목욕시켜요

너무 늦은 당신

당신에겐 암벽 같은 존재였나요?

사막 한가운데서
가부좌를 틀고 돌아앉았네요

몸 한 쪽이 웅덩이여서
하늘과 말하는 몽상가가 되고 싶었나요?

그것도 아니라면 모래하고 놀았나요, 그랬던가요

사막이라면서 사막을 모르는 당신이
바람의 무늬만 그리고 있죠
심장을 거침없이 굴리기만 하죠

귀를 막고, 눈도 감아
바람의 심장을 거침없이 굴렸나요

매듭을 만들고
화관을 씌워주고 밤의 풀숲 뒤에 숨어
귀고리를 풀어줬던가요

반짝이는 눈으로
당신에게 비단 금침을 내어주며
반지를 끼워달라고 졸라겠지요

사랑을 다 써버린 채 비상계단도 없이
빈손으로 굴렁쇠를 굴리며
이제야 여기 온 건가요

빈방

　서랍에서 나오지 못하는 웃음, 울부짖지도, 꺼내달라고도 말하지
　못하는 사진 한 장

　유리창 밖에는 흰 국화 한 송이 저네들 말을 흘리고, 검은 액자 속의 눈빛은
　방 안팎을 훑는다

　종일 방문이 열리지 않는다 서랍 속 사진은 여전히 거기서
　심장이 멎어 있고 액자 속 눈빛은 더 먼 곳을 내다본다

　창밖에는 흰 국화의 받침 없는 말들이 살 점 먹힌 초승달처럼 희미해진다

　그리고 아무 일도 일어나지 않는다

지금 내게 오는 중일까

풀둔턱을 덮은 안개비가
젖은 풀여치 한 쌍이 부르는 노래를 들으며
그들을 슬쩍 덮어주네요

청덕도서관 신호등 사이에 두고
까까머리 학생들과 마주하고 있어요

목젖 다 보이며 껄껄 웃네요

물 담은 항아리 속처럼
사뭇 어색하지만
새털구름으로 책가방을 든 애비린 그를 그리죠

그러는 사이에 풀여치 한 쌍은
서로의 발끝을 바라보고 있어요
긴 더듬이 위로 안개비가 흘러넘쳐요

젖은 운동화라서 경계를 넘지 못하지만
꿈속처럼 다가오는 음악실의 슈베르트 즉흥곡에
손을 잡았던 그날의 그를,

꽃구름 바람

1

구름 속에 숨어서 신접 방을 차린다
수궁가를 부르는 여인을 안고 뒹굴고 포개더니
절정에서 꽃술을 틔운다

2

그는 하루의 퍼즐을 생각하는지
대문 열고 들어오는 발걸음이 수상쩍다
충혈된 눈으로 어지럼증을 호소하면서도
손은 거울을 보며 포마드를 덧칠하고 있다
걸음을 뗄 때마다 숨어 있던 분 향기가 일어나
절망의 계곡에 헤매게 한다
꽃물결이 굽어 어디서 흘러왔는지
달뜬 눈빛이 층층이 내려와 가슴에 꽃을 피웠는지
전구가 흔들릴 때마다
그녀는 웃음을 흘리며 병풍 뒤에 숨는다
고양이 걸음으로 쫓아가는
당신은 흘린 밤을 주워 담는 밤의 포수

3
오래 전 그 여인에게 몽땅 바친 땅문서 때문에
우리 가족은 지독한 얼음 화인을 껴안았다
집이 땅속으로 가라앉았고
목쉰 곰방대가 사라졌다
눈 뒤집힌 당신,
수궁가를 구름 방에서 밀어버렸다
화무십일홍이다

봄날

관뚜껑 위로 커피가 출렁댄다
알약들이 걸어다닌다
바늘이 춤을 춘다

술병 위, 개구리가 앉았다
햇살이 구두 속에서 탈출한다
상여꾼들이 민들레 위에 앉았다

봄날을 생각하면
마음이 타들어간다
발자국을 생각하면
꽃들이 시커메진다

길가에
상여꾼들은 언 땅 위에서 서서 고개 내밀고 있는 민들
레 싹을 밟는다
통곡하는 상주를 보면서 상여꾼들은 눈으로 환생을
본다

술을 뿌린 봄
꽃상여가 그 봄을 삼킨다

하늘 배송

저승 초대장을 받고

넌 묵언 정진했지

강가에서

풀벌레 옷을 벗는 일에만

몰두했지

사람아

목숨을 단축해

하늘로 택배 보내겠다는 네 말이

이젠 단단한 껍질의 물방울로

돌아오네

거친 비로 내리네

불망가 不忘歌

터널 안이 안개 속이다
자동차들의 꼬리를 보면
차바퀴가 줄 풀어진 개처럼
서로 어긋나 날뛰고 있다

면발처럼 쪼그라든 어떤 날의 뇌 사진
차 무덤에서 통조림의 불망가 不忘歌를 부른다

이부자리에 식은땀이 흥건하던 밤
당신과 나 목울대를 쥐어뜯고 싸우다가
간단없이 살고 싶다는 그날

실비 내리는 그 안개 속에서
몸을 반쯤 접은 채
그가 커브를 돌다 사라졌다

일기예보가 먹구름을 몰고 왔던 그날처럼

터널은 좀처럼 열리지 않는다

나쁜 그림

겨울은 길고 홀쭉했다

만 삼 년
얼었다 말라버린 심장을 꺼낸다

음력 삼월 초하루
무학사 가는 길
내리는 빗줄기 사이가 좁고 길다

비바람에 눈꺼풀이 아려
늦겨울이 암덩어리처럼 불거진다

내가 앉아 있는 곳의 나쁜 그림 같아서
돌탑에 돌을 얹으며
천수를 비는 영가전에 기도하고
내려오는데

사방 저녁 안개가 퍼져
눈물이 고여도 눈물이 없다
너는 먼발치서
잘 가라고 배웅하는구나

시간 도려내기

느리게 차를 마시는 여인에게
헐레벌떡 달려와 인사하는 바람의 손 안에는
얼음이 쥐여 있습니다

밖은 한랭전선이고 안은 진회색 초조입니다
바람의 입에서 들어야 하는 분홍색 말이 시치미라서
여인의 의중을 떠보지 못한 채
속앓이만 하다가 밖으로 나옵니다

젖은 눈빛이 가슴 베인 예전처럼 물구덩이 속으로
가라앉고,
고독을 삭히는 무게도
바닥을 넘어 하늘 천정에 닿아 있습니다

이 모습을 바라보는 바람이 미안해서인지
밖으로 나와 등 한번 쓰다듬고는 날아가버립니다

한때의 시간을 도려내야 하는 사람

태양이 부풀어오르고 밤이 수백 번 지나가면

이 울음이 후일 자신을 살리는 길이란 걸
먼 그때 알 것을 지금 안다면,

카페로 나와 바람의 통로에 귀를 기울이고 있습니다
약속은 헛바람
집 탁자 위에는 한 얼굴이 수십 번 겹쳐 웃고 있습니다

낮은 오르페우스의 기도

조선족 간병인이 북적거리는
흐린 병실에서
한 풍경이 눈에 들어와 마음이 시리다

창밖 산수유 열매 흐물거리는 줄도 모르고
얇은 환자복에는 불기운이 사그라지는데
끝이 굽은 지팡이만
가늘게 숨을 이어갈 뿐,

삶의 끄트머리를 보고
지품천사*의 안내를 받는 것도 아닌데
창이 열리자
산수유 붉은 물이 펠리컨의 은총처럼
뚝뚝 떨어진다

산 자의 시간에서 막 떠나가려는
저 얼굴에
주님,
천 길 낭떠러지가 아닌,
산수유 줄기를 꽉 잡게 해주고

천사의 도움으로
다시 어린 양으로 태어나게 해주소서

마른 바람이 나무를 뒤흔든다
그가 벌거숭이로 왔다가 벌거숭이 흙으로
돌아가는 중이다

* 지품천사 : 하늘의 천사 가운데 상급에 속하는 천사.

밤으로 돌아갔다

내리는 비를 커피병에 꾹꾹 눌려놓으니
구름 지퍼가 확 퍼진다

시술이라는 형용할 수 없는 주삿바늘에
그만
당신은 흰 항아리에 담겨
밤으로 돌아갔다

기억이 소나기처럼 흥건해져
커피잔에 쓸어 담는다
오글거리는 복화술이 폴더 안에 갇힌다

당신은 이곳에 와 훈풍으로 속삭이고,
귓불을 만지작거리지만
거품으로 떠 있어
달콤한 입말을 걸어 액자에 넣어둔다

귀를 달구어온 입말들이 소리나지 않아도
가슴이 아프다

3부

다투어 빛나던 저 발그레한 송이들

스물이었지 아득한

부산에서 시작한 무궁화호 열차가
삼랑진역에서 들러 들판 이삭들을 흔들다가
다시 길을 바꿔 탄다

밤의 역사에 잠시 머물렀다가
나를 싣지도 못하고 막차는 떠난다

늦은 밤 혼자 걸어오다
집 담벼락에 기대어 눈을 감는다

차르르 차르르 어둠 저편에서
군복의 쇠링 굴러가는 소리 우직하게 들린다

어떤 삽날을 두고 갔기에
내 몸피가 한 풀씩 벗겨지는가

이미 세상 끝을 넘어선 사내야
그때가 스물이었는지 말해주는 사람도 없구나

체온을 높이세요

아늑하고 충만한 깃털을 드려요

언제나 따뜻한 체온을 느낄 수 있는 환희로 가득 찬
사랑의 이부자리

온도조절 : 사랑의 적당한 온도는 1도와 2도 사이 있
을 때
  이불 속이 좋아요 격정적일 때 끓는 체온에 대일 수 있
으니 조심하세요
  갑자기 춥거나, 너무 높을 때는 온도를 어떻게 할 수
없어요

온수물통 : 이불속을 포근하게 유지하는 기능을 해요
  체온이 펄펄 끓으면 이불이 젖어서 그대들의 온도는
바닥이어요

주의사항 : 두 분 체온이 갑자기 끓으면 또 금방 식게
돼요
  체온이 너무 낮아도 안 돼요, 적당량의 체온이 필요
해요

일정기간 서로 체온을 나눈 후엔 이부자리를 수선하세요

포근하게 체온을 비비려면 서로의 체온을 적정 온도로 맞추세요
입술을 주고받을 때는 체온조절을 하지 않게 주의하세요
마구마구 정열적이게, 덥석, 함부로 입술을 섞지 마세요

희소식 : 머리는 밀가루를 덮어쓰고도 길이 있고 답이 있어요
그 체온이 별로였나요?
자연순환방식이란 신상품이 나왔어요 또 다른 남자의 품 같은,
다음에는 이곳에서 금침을 깔고 황실의 꿈을 꿔보세요

진해

그의 입술이 칸나 꽃잎처럼 붉었지

숨쉴 수 없는 날들이 들숨날숨으로
줄다리기를 해 깊이를 잴 수 없던 저녁

돌과 바람의 심장이 맞부딪친 칸나 꽃잎 위로
메꽃이 넝쿨을 뻗고 있었지

세상 소리를 다 막아도
오직 한 소리에만 길을 터놓은 내 귀를
그는 고흐의 귀로 만들어버렸지
동공 속의 흰 돛을 찢었지
선원들의 카페, 그 깊이에 푹 꺼져 있는 내게
시간의 불안까지 밀어넣었지

붉은 입술이 턱 밑에 와서야 발걸음을 멈추며
수심의 주름을 보여주었지

가슴에 돌덩어리를 얹어놓은 듯해
아무것도 묻고 싶지 않았지만, 마음은 분출 전의

마그마 지표면이었지

카페를 나와
별꽃인지, 벚꽃인지, 꽃밤으로 미끄러져
갔을 뿐

저토록 쓸쓸한

어선들이 뒤엉켜 머리끈을 잡고 놓지 않는다

느린 하루의 비늘이 떨어지는 마산 선창가에 비바람
이 들이친다
남정네들의 언성은 밤하늘을 때리고
늙은 작부의 젓가락 악다구니도
소주병 나발처럼 빈 소리로 흩어진다

낡은 갑판장의 손에는
불 꺼진 가로등 밑에서 주운 돌멩이가 들려 있다

파도가 능선보다 가파른 날
바다가 밥그릇인 조선족 남자가
불귀의 객이 되었다는 풍문만 바다를 강타했다

거무튀튀한 바람에 삶의 무늬를 안 그려본 자가 있는지

고갯길에 늘어 있는 담벼락
그 물컹한 욕지기를 안 쌓아본 어부가 있는
쏟아놓고 치우지 않는 낡은 무늬들이 바람에 찢긴다

팍팍한 고갯길에 너나 나나 소주 한 잔 걸친 채
모두는 절명한 동백꽃이고
바다의 꿈을 그리는 구족화가이다

바람에 날리는 비닐봉지도 저토록 쓸쓸하다

소낙비를 보면 배가 부르다

빈 밥그릇을 들고 기포를 쓸어담는다

비라도 좋다 입을 크게 벌려
배부르게 속을 채울 수만 있게 해줄래?

가난은 비상구가 없다는 말,

누 세대의 속담에 쌀밥과 보리밥이
서로의 옷을 갈아입고 소낙비를 맞는 일이다

복도에 누군가가 현관문을 세차게 두드린다
흰 바람의 몸인가

빈 운동장이 된 위장은
제 혼자 개폐놀이를 하고 있다

비가 흔들리며 내린다

밥그릇 속 기포가 고봉밥으로 들어와 있다

아몬드꽃

상자를 꺼내
아몬드꽃 그림에 고이 싸인 묵주를 만지작거린다
고흐의 화구상 냄새가 들어와 있다

테오의 아들이 태어난 징표로 고흐가 보냈다는
아몬드꽃 그림

오래 전 네가 준 상자 속에는
아몬드 꽃그림 포장지가 들어 있다
아몬드꽃이 너를 지나 테오를 넘어
몇 계절의 봄을 애타게 지켰다

때때로 같은 무늬 때문에 사랑이 엉키기도 한다

고흐도 너도 오랜 침묵 속에서
다투어 빛나던 저 발그레한 송이들

분홍이 살아 움직이는 자리에서
오월의 성모는
미사보로 나를 감싸고 있다

또 하나의 실금

작은 금이 파고든 다기茶器에
우려진 찻물
세월이 깊어질수록
실금들은 서로 엉켜 길을 막고 있다

그물에 걸린 물고기처럼
노폐물의 핏줄에 저당잡힌
낡은 몸이 고혈압, 당뇨를 앓는다

하얀 가운들의 퉁명스러운 말을 들었을 때처럼
몸의 핏줄을 점검하듯
다기 속 실금들의 길을 따라가본다

왜 이 지경인가,

물기 속에서의 자맥질과 진흙소의 발
더운 손 물레질에
찻물을 그대로 놓고 간 실금,
그 속에 초의 선사의 미소가 간헐적으로 인다

참았던 울음을 알약으로 다스리는 새벽
찌지직,
또 하나의 실금이 몸을 갈라내고 있다

조용한 암막

병실 커튼을 닫는다

그대가 철조망이다
심장은 요동치고
굳은 혀 사이로 타액이 검게 흘러내린다

삶의 기포가 녹아내리고
그 몸을
검게
검게 가로질러
눈에서는 녹물이 떨어진다

어둑한 하늘에서 눈이 내리고
흰 시트가 얼굴 위로 올라온다

한 생이 저무는 동안
물먹은 커튼 뒤에서
울고 있다

아주 조용히 철조망이 깔리고 있다

요양보호사 실습시간

여고 동창생임을 직감한다
나, 알죠

끄떡거림 없이 눈동자에 허방이 비친다
울퉁불퉁한 세상에 불시착한 눈동자

그녀를 보자 내 울음의 뿌리는 가슴에서 빼내지 못하고
목울대만 누른다

몇 안 되는 기억을 붙잡고 말을 시킨다
내게 가까이 오지 않고
나의 놀이터에도 너의 길이 생기지 않겠지만,

갈래머리 시간을 빌리러 또 네게로 간다
눈동자로 말해도 괜찮겠지?

피아노를 잘쳐 음대에 진학했다던 소문은
소문에 불과한 건지

눈동자는 속이지 않으므로 우린 알고 있다

얼음과자

부산에서 공부를 끝내고 마산 집으로 가는 길
구포다리를 건너면 김해평야의 하얀 비닐이
아이스께끼로 녹아내렸다

버스도 더운가
광복동 석빙고 앞에서 얼음바람을 쐬고 있으면
나는 얼른 내려가 아이스께끼 다섯 개를 사서 차에 올
랐다

유월 염천, 검은 비닐봉지는 제 혼자 달랑거리고
석빙고를 한 아름 끼고
마당에 닿기도 전에 아부지를 불러댔다

아부지 어서 나오시이소예
광복동 석빙고 아이스께끼 사왔는데예

앞선 발이 달려가 대문턱에 걸리고
검은 봉지 속으로 흙탕물이 들어와 다섯 구의 시체가
마당에 떠다녔다

아버지의 휘모리장단이 녹음기로 집안을 채우는 날은
여지없이 제삿날이다
제사상에는 아이스께끼가 올라간다

검은 봉지도 떠다닌다

광복동은 석빙고 아이스께끼 마을

흰 중절모가 시린 바다를 건너는 영시,
아버지는 틀니로 석빙고를 와싹!
깨물고는 보이지 않을 때까지 휘적거린다

엄마를 지웠다

IMF에 집 대들보가 내려앉았다
마당에서 깨진 그릇의 기를 맞추었다

엄마의 음전한 말씨가 어느 날 계주로 변했다
계원들의 곗돈을 보따리에 숨기고 야반도주한 엄마
아버지는 재떨이를 들고 유리창을 날렸다

첫새벽부터 계원들이 몰려와 고래고래 고함을 치는
데도
남 앞에서는 입을 꾹 다물고 천장만 쳐다보던 아버지

기둥의 인계는 힘 있는 쪽으로 흘러
큰언니가 식당 주방 일을 했다 풀칠을 면했다
중학교 입학은 사치였다
마당 구석진 곳에 쪼그리고 앉아서 질긴 낙서로,
눈이 왕방울만 했을 때도 있었다

엄마가 남기고 간 화장품과 탱고형 플레어치마가 바
람에 펄럭였다
집안에 그늘이 덮이고 깨진 그릇 줄이 즐비할 즈음

계원들의 손도 조금씩 얌전해졌다

대문 소리가 바람에 덜컹거리든 누가 대문을 두드리든
아무도 바깥을 내다보지 않았다

둥근 양은 밥상에 숟가락 하나 치워진 지 오래된 아침
빨간 하이힐, 허벅지까지 트인 타이트스커트가
대문 앞에서 며칠을 서성거리고 있었다는
풍문뿐

오랜 시간이 걸렸어요

부수고 뛰어가는 중이에요

아픈 당신 발톱 깎아주던 일이며
식탁에 두 벌의 수저를 놓다가 멈추는 일에
오랜 시간이 걸렸어요

끝이 보이지 않는 하얀 복도
그곳에서 목울대가 잠수 타며 하루를 보내고

구름이 딴전을 피우며 장마 뒤에 숨는 것처럼
그도 곁눈질하며 멀어지고 있어요

이럴 땐 참 막막하죠

괜찮아요
술 취해 비틀거리는 무뢰한 같아요

비도 소란을 피우며 엉겨붙는데
그와 같이했던 시간이 조각조각 쪼개져요

이럴 땐
검은 물 가득 찬 커피잔을 들여다봐요
그 잔 속에서 나그네가 물주머니를 털어내어도
물이 물로 스며들죠

당신 아니, 나겠죠

우울종자

언제부터일까
그놈이 문을 열고 들어왔다

성층에서
땅을 내려다보면
뭉게구름 덩어리이고 꽃받침 없는 수국이
받침대를 들고 서 있다

더 깊이 미끄러져 들어온다

사과를 먹고 수박을 덮어쓰고
길쭉한 오이는 빗자루라 생각하고
마법사 복장으로 내려다본다
회색 구름이 올려다보며 깔깔

면도칼에 베인 살점처럼 두통이 붓는 시간

그놈은 나의 일상을 뒤집어버리고
햇살이 창에 걸린 구름을 걷어가는데도
뜬눈이다

유혹

물광피부를 만들어준다는 메시지가 뜬다

내 손이 먼저 가을밭의 흑태 만지듯
거친 얼굴을 더듬고 있다

박피의 고통이 환희라고 속삭이는 메시지

거울을 들여다본다

얼굴에 쥐눈이콩이 소복하게 엎어져 있다

해?
말어?

반문과 의문이 수시로 가슴을 들볶아

나를 메시지 안에 가둔다

이런 날 장화를 신고 싶지 않으세요

카스테라를 보고 생각했죠
병아리 털 같은 엄마의 신
그걸 신고 싶었어요

신작로를 걸으며 주문처럼 외웠죠
민들레를 꺾어서 마이크로 불고 싶었어요

사주세요
장날 빈손으로 들어오는
아버지의 무심한 손을 바라보며
누워버렸죠
눈이 통통 부었어요

봄날 선생님은 교탁 밑에
노란 장화 한 켤레를 꺼내들면서

이거 니 꺼니?

아버지가 가버린 장화 한 쪽엔
눈물이 담겨 있어요

장화 신고 자박자박 아버지를 찾아 떠나요

저 먼 구름 속에서 빗물이 내려오네요

4부

나가요, 진한 슬픔이 죽은 피를 빼내려고

종로 사거리

정오의 점심시간
종로 사거리에는
흰 배의 넥타이부대들이
아메리카노 커피컵을 들고 출렁거린다

그때 나는 가마솥에 글자를 수선하고
그들과 타협할 봄 향기를
열두 번 비비고 덖어
찻잔에다 우전雨前의 세계를 쪼르륵 따른다

때마침 조주 선사가 배를 타고 와
낮달을 벗어던지며
새벽을 타고 와 흔들리는
목줄 잠근 검갈색 눈동자들에 차 한잔
어떠시냐고,

너털웃음이 떨어지는 청명과 곡우 사이

자갈밭

라디오 소리가 점점 더 커진다

오펜바흐의 〈재클린 눈물〉로 흘러간다

어둠 속으로 기어들어 하얀 알을 슬어놓는
뭉클한 곡조들

한때 피운 꽃과 잎을 뜯어먹는다

집게손가락에 잡힌 방 한 칸

대바늘로 뜨개질하며 방 한 칸을 만들었다

부서진 햇살 자국들을 긁어모으자
슬레이트 지붕이 기울어가는 방

엄마의 털실이 어둠에 깔려
뭉치를 풀었다 감았다

털실로 또 양말 개수가 늘어날수록
엄마는 방이 필요하다는 걸 몰랐던

식구들의 발이 달 표면처럼 꼬물거렸다

한가위 밤 꿈

덕적도 서포리 소나무 숲에서
한 소나무가 한 소나무를 위해
덮쳤다는 연리지의 전설

그 이야기를 듣고 잠든 밤

어디서 본 듯한 사내의 숨소리가
두툼한 손바닥으로 다가와 얼굴을 만진다

내 몸에 몇 겹의 달빛이 새겨지는 꿈

숨소리가 둥근 실뭉치로 굴러가는 밤

털실뭉치

땟물을 껴입던 어깨를 두 팔로 맞을 때가 있었다
내가 털실을 사오면
너는 대바늘 끝을 움직여 밤과 낮을 짰다

허기진 대바늘의 춤은 멈추지 않았다
털실을 풀었다 감았다 하던 너

우리는 잃은 것이 너무 많지만
방마다 또르르 굴러다니는 털실뭉치를 보면
잠시 웃음을 풀었다
손가락 끝이 가벼웠다

그 무렵
통증이 털실 음각에 새겨지고 자라나
너는 비바람치는 비렁길에서
꺼져가는 숨을 다시 끌어올리려고 발버둥쳤다
결국 너는 없고,

온기 남은 털실뭉치만 외풍을 견디는 지금
너는 멀리도 날아가
그 털옷 다 벗고 낮달로 오똑 앉아 있구나

한 곳으로 부는 바람

우린 소꿉친구였을까요
모래밥을 짓고, 풀 나물에 초록 간을 맞춘 두 입술이
동시에 냠냠거리던

한 사람 얼굴이 달려들어
내 눈에 경련을 일으키네요
알고도 모르는 사람 취급한 것 마냥

취한 바람 같아요
나뭇잎은 아무 데서나 흩날리지 않아요

콧대가 높지도, 비굴하지도 않은
수평선을 잡는 사람에게
꼼짝없이
내가 말더듬는 어린아이 같아요

책장 속 비밀까지 꺼내어
모이를 나르는 어린 참새처럼
속닥속닥 해부해 보여요

낮밤을 수십 번 바꾸니
열기가 빠져나가요
옹달샘에 가랑잎이 가라앉은 심정일 때
바람 사이로 몸이 붕 떠요 활공해요

당신을 나르는 그곳으로 두 손을 뻗어요
내일을 마중해요

행님, 지가 뭐 압니꺼, 예

큰집으로 양자 간 박씨네 막내아들이 있는데예

자수성가의 팻말을 달아 재력가로 살았지만도
스무 번의 선바람 딱지를 맞고서야 겨우 가정을 이루
서예

양자의 각시는예
기왓장을 부숴서, 복숭아 피부와 달덩이 낯짝에 처바
르고서
홍청망청 써댔어예

큰집 딸들은 군기로 냉동시켜보지만도
올케는 듣는 척도 안 하고서예
집안 행사 때는 뒷짐만 지고 서서
손끝에 물만 탁탁 쳐냈어예

시누이들이 쉬운 말로 콩나물 좀 단디 무치라 하면
암된 올케는
('뭐라고 시부리쌋노' 혼자 중얼거리면서)

"행님 지가 뭐 압니꺼예"

이 한마디만 하고는 얼쩡거리기만 해   어예

더더욱 희한한 거는예
올케의 한마디 한마디에 큰집 딸들이
고양이 앞에 생쥐 꼴로 됐어에

같이 들어도
아는 놈 따로 있고 모르는 척하는 놈 따로 있어에

큰집 딸들은예
몽둥이 앞에 깨갱거리는 부엌강아지처럼
돼갔어에

화가의 구성법

많은 생각이 오가는 날
운무에 싸인 능선의 끝은 보이지 않고
마산 앞바다의 돗섬만 끌어안고 있다

그곳은 어디서부터 어디까지 보이는 영토일까
봄동의 숨결이 남아 있기나 할까
탁자에 앉아 심호흡한다

너와 뛰놀던 바닷가의 저녁답
소금기 파닥이는 슬픔
바퀴를 굴릴 때마다 기억이 콕콕 박힌다

소녀들이 땅따먹기한다
머리에 얹힌 돌멩이는 내려앉을 곳을 잃거나
함부로 떨어질 수 없어 허공에서 고꾸라진다

돌멩이가 떨어진 자리를 자기 땅이라 우기며
여러 개 방을 그리는 너

여긴 내 방

여긴 부엌
제일 큰 방은 엄마 방

화가가 되고 싶은 소녀,
바랜 물감을 풀어 땅따먹기한다
노을이 물든 바닷가에서 소녀는
소금기에 절어진 글자들을 거친 숨으로 헹군다

그리운 이름 '김말희'
지금 창가에는 비가 내리고, 나는
그 바닷가에서 쓴 글자를 꺼내본다

그 날밤 석간신문 문화면에서 화가의 이름을 보았다

화장술

팍팍한 시집생활
외로움을 달래기 위해 시작한 일이에요
기지개를 한껏 켠 후 거울 앞에 정좌하면
얼굴엔 한바탕 피에로의 분칠이 일어나죠

마루 끝에 들어 있는 내 방
아무도 찾는 이 없죠

손장난은 무채색에서 유채색을 그리는 일이지요
급한 손놀림 때문에
밝은 코가 무너지거나 입술이 흡혈 마귀 같지만
웃고픈 얼굴에는 멋대로의 계획이 들어 있지요

비밀스러운 웃음의 비애를 아시나요
시어머니 외출 시에만 그 일이 계속되지요

시엄니는 말하죠
'니는 얼굴이 그게 뭐꼬, 오뎃서 방앗간 밀가루 부대
뒤집어썼노'

내 마음은 깊은 소沼가 되어도 어머니 말씀에는 고개
를 떨구지요

　다음날에도 그 다음날에도
　부대 뒤집어쓰는 일은 반복되지요

　울 친정엄마의 최고 자랑거리인 내 얼굴에는
　시어머니의 생 속이 들어 있지요
　말 생기 뚝뚝 떨어지는 그런 시절이죠

화폭 속의 연인

이젤을 편다 속초 델피노 앞마당에서

설악의 불끈 솟은 힘줄이 확 달려들어,
잠시 붓을 멈춘 채
겸재의 눈동자를 내 속으로 끌어들인다

밤의 얼굴이다

그의 촉촉한 눈이 소름돋을 듯
내 안에 굴러다녀
소악루에서 그와 달춤을 춘다

내 눈빛은 풍선을 잡아타고

삼백 년 전 뱃놀이하던 밤으로 돌아가는데
어느 틈엔가
겸재가 내 곁에 바짝 붙어 둥근 거울방을 만든다

한지 문 위로 팔월의 달이 휘영청

입국入國

하늘이 날개 구름을 털어

흰 고리를 끄는 동안

여러 계절의 조명이 꺼진다

벚꽃은 피기도 전에 떨어지고
봄풀조차 무겁게 핀다

너는 네 집으로 가기 위해
신발 끈을 조인다

꿈마다 검은 천막이 펄럭거리고

비행기가 실 줄기를 던지며 날아간다

황도 통조림

페이지를 넘기지 못하는
아버지의 손가락이 봉투 속을 더듬습니다

엄마가 구름 정거장에 당도하기 전에 써놓은 편지를
아버지는 읽지 못하고
황도 통조림만 따 먹습니다

아버지가 그리워,
엄마가 한 사람의 입을 길들여놓고 간 맛입니다

가벼운 것,
결코 가볍지 않은 황도 맛은 무릉의 습지가 되어
아버지의 입을 축축하게 합니다

헐렁한 목소리가 우물 곁에서 들립니다

하얀 봉투에서 손가락을 꺼냅니다
손가락에 잡힌 것들을 펼쳤다가 접었다가 반복합니다

황도 통조림이 마루 끝으로 굴러 땅으로 떨어집니다

봉투 속 글씨들이 황도를 따라나섭니다
하늘이 가깝습니다

흑백다방

격자무늬 창틀이 까맣게 반들거리는 찻집
토요일 해군들이 방앗간에 앉아서
담배를 물고 있고,

한 여자는 미동도 하지 않은 채 사관생도를,
밤 기다리는 낮달처럼
오후가 밝다

때마침 바다에서 태풍이 무자비하게 불어온다
선임하사가 쏜 오발탄에 다방 간판은 탕!
선홍빛을 뚝뚝 흘린다

혼자 어디로 튈지 몰라 허우적거리는 커피 향기
어둠과 함께 깊어져 간다

말라버린 사람 냄새에서 시작된 간단과 미움이
봄 하늘을 덮기에
막 도착한 생도의 붉은 낯빛에도 짙은 그늘이
깔리기 시작한다

예처럼 창틀에 기대어 하늘을 바라보는 그녀
첫사랑의 살 내음이 되살아나듯 그가 주고 간
풍경을 긁어모으는데,

박공지붕 아래 둥지튼 제비 새끼들에게 새 총알이 딱!
이 다방에는 저격수의 목표물이
아직도 남아 있는가?

나가요 효과

장보기는
시집살이 코뚜레를 벗고
세상 밖으로 나가는 유일한 시간
찬거리를 빌미삼아 나가는 오후 세 시
칸나의 숨구멍이 바람에 하염없이 출렁거린다
칸나는 내게 '나가요병'을 씌우지만
녹슨 고리에 갇힌 숨은
꿈속 들창에서나 빠져나가고,

바람이 분다

빨간 립스틱에 검은 망사 스타킹을 신은 채
매일 밤 안달루시아 무희로 나가는 나는
목관악기들과 짙은 수다가 별미고
발바닥에 짙게 고인 피멍울은
레드와인이 촉촉하게 담긴 입술이다

뜨거운 입김이 남자들의 외투를 자꾸 잡는다
나, 가, 요
진한 슬픔이 죽은 피를 빼내려고

다른 성을 붙잡고 놓지 않는다

바람이 내 주변에 우글우글

사람 몇 없는 시장통에 나가기만 해도
'나가요병'을 고친 가짜 장보기 효과

송골매

태종대 절벽에 앉은 너의 얼굴을 보는 어지럼증

바다로 떨어지는 수평선을 억지로 잡아 끌어놓고
파고를 불러와 두 발끝으로 헤집어보는 너

신을 끄집어내려고 안간힘을 쏟는다

소리는 절창이다

어둠의 조난자를 불러내는 죄
신에게 그림자를 받아 더 큰 신을 노하게 한다
파르르 떨며
제 뜻에 못이겨 날개 꽁지를 접어 비행을 멈추더니
마음을 바다로 내던지고 있구나

날고 싶은 병은 스스로 꼬리를 끊어야 산다고 하는데
부리를 하늘에 걸어놓고 새털구름을 덮어쓴 채
날아가고 있다

신의 바닷물을 훔친 수리부엉이도 네가 무서워
발톱을 오므리며 궁륭으로 날아간다

방출과 흡수의 스펙트럼
— 여성의 몸으로 기억을 소환하다

권영옥/문학평론가, 문학박사

1. 여성의 몸

　조갑조 시인이 세 번째로 출간한『입술이 칸나 꽃잎처럼』에서는 많은 부분 여성의 몸과 관련된 언어 담론이 펼쳐지고 있다. 여성의 몸은 사회 변화의 반영과 함께 남성 중심 질서에서 벗어나 자유를 만끽하는 존재가 되었다. 여성들은 사회 정의를 위해 스스로 세계를 향해 몸을 던질 수 있고, 담론의 장에도 나갈 수 있으며, 가부장제의 보호나 제약 없이 어떤 상황과 행위에서도 자신을 책임질 수 있게 되었다. 그러한 존재가 여성의 몸이다. 하지만 시몬느 드 보부아르가 "여성은 태어나는 게 아니라 만들어지는 존재"라고 말하기 이전까지 여성의 몸은 그저 남성 가부장제 질서의 다양한 상황 속에 숨어 억압받고 규정지어진 존재였다. 가부장제rule of fathers에는 '부성의 지배'라는 어원적 의미가 들어 있다. 가부장제의 부성은 가족구성원을 통솔하는 가장권을 쥐고 있

107

는데, 이는 성sex에 밑바탕을 둔 남성 우위의 질서를 형성하는 특성을 보인다.

조갑조 시인의 원체험과 추체험의 기억에서 가부장제 질서는 여성의 자유로운 몸을 보호한다는 명목 아래 여성에게 제약을 하였으며, 여성을 물질적 대상으로 여겼다. 또한 그들은 인간적인 의미에서 여성의 몸을 배제하거나 주변화시키기도 했다. 남성 지배하에 놓여 있는 여성들은 자신의 몸이 아무것도 못하는 소심한 주체라고만 생각했다. 그 때문에 여성의 몸은 부성이 어떤 부조리하에 놓여 있든, 어떤 부정적인 행위를 하든 간에 반항하거나 저항 한번 하지 못하고, 일탈적인 행위를 수용하고 흡수해야만 했다.

조갑조 시인은 시에서 고향 마산을 배경으로 한 남성 가부장제의 순환구조에 대해 원체험과 추체험을 통해 생생하게 표현하고 있다. 그 체험 속에는 여성의 몸이 남성 가부장제 질서 속에 은폐되어 있고, 버릇처럼 정치적 역학에 노출되어 있다. 시인은 '말하기'를 통해 그들의 부정성을 작품의 많은 부분에 배치하고 있다. 현대의 남성 가부장제는 일부 남성에게만 국한되며, 그들은 가장권의 위치로 인해 많은 특권을 보유하고 있다는 착각을 하고 있다. 이런 태도를 보면서 시인은 시에서 가족 내 여성들의 위치가 따뜻한 빛으로 형상화되지 못하고, 그림자 이미지나 검은 빛, 안개 등의 스펙트럼 현상으로 나타난다고 한다. 그러면서 남성 가부장제 질서에 대한 더 면밀한 탐구를 시도하고 있다.

여성의 몸에 관한 시는 「집게손가락에 갇힌 방 한 칸」,
「털실뭉치」, 「화장술」, 「엄마는 밤마다 인도에 간다」, 「귀
뚜라미 족속」, 「도둑 영화」 등이다.

그늘보다 더 큰 독이 있을까

인도에 가봐
엄마는 어지럼증을 일으킨다

유도화*를 본 적 있어

질문이 식탁 근처에서
큰길을 내는 소리

한글도 겨우 읽는 엄마가 그 먼 인도를 어찌 알까

그늘 잠긴 얼굴에서
꽃잎 생각만 하는 날이 많다

장독대의 실금이
길가로 퍼지는 밤

된장이 독 밖으로 삐져나와
곰팡내 나는 유도화를 피운다

　　　　　　　　　　　　　—「엄마는 밤마다 인도에 간다」 전문

가장권이 강력한 가족공동체에서 어머니는 주관성이나 주체성을 부르짖을 수 없는 존재이다. 외부 세계가 아닌 밀실이나 부엌에서 겨우 제 목소리를 낼 뿐이다. 현실이 이 정도라고 할 때, 남성 가부장제 질서는 어머니를 물질적 대상(식탁)이나 소심으로 가장한 침묵(큰 독) 정도의 존재로만 여기게 된다. 라캉의 말을 빌리면, 현실 질서에서 여성의 몸은 "열등의 의미를 넘어서 부재한 존재"라고 한다. 다시 말해 남성 주체가 현실 세계를 다 장악한 나머지 여성의 몸은 대립쌍으로 존재할 수 없는 배제된 몸이라는 것이다.

　남성 가부장제에서 정체성을 운운할 수 없는 어머니는 자신을 '장독'과 '유도화(인도 남부지방에 서식하는 꽃. 꽃잎에 독성이 있어 유산한다는 설)'의 존재로 치환하는 심리적 태도를 취한다. 치환은유는 남성 가부장제 질서에서 여성의 몸을 '균열'이나 '실금'의 성격을 겹쳐 드러내며, 의미의 전이를 통해 두 틈새 간의 관계를 강조하고 있다. 장독대와 유사한 어머니의 몸은 "실금이 나서 길가로 퍼져"나가고, 잠긴 얼굴에도 "꽃잎 생각만 하는 날이" 많았다. 이 같은 사실을 통해서 보면 어머니는 아직 사회적 여성이 되지 못하고, 생물학적 '여자다운' 여자로밖에 존재하지 못하고 있다는 걸 알 수 있다.

　이러한 어머니의 내면에는 이타적이거나 윤리적인 여성이 자리잡고 있는 게 아니라 독이 쌓여 유도화로 피어나는 존재인 것이다. 몸의 언어 형태 변용은 일차적으로 독꽃으로 변하고, 독꽃은 다시 새 질서 위에서 탈코드화된 유도화로 변한다. 마침내 가족 내 여성들은 어머니에게 여성성의 근원인 유도화를 찾아 인도로 갈 것을 권한다. 거기에 맞춰 자기 몸도 밤에 장독대의 실금이 되어 도로로 나간다. 여기서 인도는 인간과 인간끼리 자유로운 담론을 펼치는 길이다. 그러므로 인도는 여성의 자유로운 언어 담론이고, 여성의 근원인 여성 해방 공간으로 이해할 수 있다.

문명화된 현실 중심에는 가부장제가 성sex을 점령하고 있다. 남근 중심의 가부장제 사회에서 남근은 여성에게 종속 관계를 주입하고, 억압을 가한다. 페미니즘으로 본 여성의 몸은 남성 중심 질서에 있어, '있어도 없는 존재', '없어도 없는 존재'이다. 그러던 것이 여성의 인권이 조금씩 존중되고 여성들에 의해 여성주의운동이 활발해지자, 그들은 여성의 몸과 상호관계의 구축을 중시하고 있다. 동시에 여성은 여성대로 탈주의 운동성으로 애증을 방출하기 시작한다.

우리의 손이 서로 닿을 때마다
금속성 소리가 났어요

액자 속에 갇힌 가족의 입가에는 웃음이 없어요

당신의 표정은 왜 투정을 부리고 있지요?

불안은 금세 깻잎 한 장처럼 금을 그어요

꿈속에서 당신이 손을 놓아버렸지만
현실에서는 우지끈 식탁이 깨졌어요

그래도 긴긴 세월 동공엔 쨍한 상처 하나 없었다고
수저 들면 나는 눈물이 나요

우리는 다시 풀어질 수 없나요?
— 「가족사진」 전문

　　현실 질서에서 강력한 가장권과 자유로운 운동성을
가진 여성이 맞닿으면 가정은 예전과 다르게 금속성 소
리가 난다. 사회적 여성과 남근 중심 질서에서 위치를
점하고 있는 남성이 각자의 담론을 펼치기에 집안은 시
끄러울 수밖에 없다. '액자 속'에 갇혀 있던 당신이 '투정'
을 부리고, "우지끈 식탁"을 깨뜨린다. 당신의 부정적인
행위는 현실 세계에서 열등하거나 잉여적인 것이 아니
라 담론을 펼치고, 자유로운 운동성을 가진 존재라는 것
을 보여주고 있다. 처음 본 당신의 행위에서 가족들은
"입가에 웃음"이 사라지고, 심리 속에는 당신에게 물음
표를 던진다. 가족을 바라보는 시적 주체는 "긴긴 세월
동공엔 쨍한 상처 하나 없었다고/ 수저 들면 나는 눈물
이" 난다고 말한다. 반어의 역설을 통해서 보면, 시적 주
체의 눈에는 가족들의 상처가 가시화되어 나타나지 않
는다. 하지만 가부장의 권한을 쥔 부성이 그간 당신의
몸을 '액자'처럼 구속하고, 사물화시켰기에 시적 주체는

우애의 가족이라고 말하지 않는다.

　조갑조 시인이 선택한 시적 중개자의 어조를 보면, 남성 가부장제의 부성은 여성에게 우호적이거나 정당성을 부여해주지 않고, 존재해도 존재하지 않는 대상처럼 여성을 사물화된 개념으로 보고 있다. 그에 반해 여성은 담론의 균열이나 독꽃을 통해 남성 가부장제 질서에 대한 저항적 태도를 취한다. 그러므로 시인은 가부장제 질서의 부정성과 은폐된 그들의 행동에 대해 '말하기'로써 문제의식을 드러내고 있다.

2. 여성의 애증과 자아 추구 실현의 재현

　조갑조 시인은, 시편에서 남성 가부장제 질서가 성적 주체로 부상하는 여성의 몸을 어떻게 인식하고 있는가에 살펴보고 있다. 현재 여성의 몸은 성욕망과 언어 담론을 자유롭게 말하기 때문에 과거의 여성처럼 부엌에서 소심하게 말하던 연약한 생물학적 존재가 아니다. 일부 여성의 몸은 다른 사유로 성의 상품화가 되거나 주인 없는 몸으로 성적 자유를 누리고 있다. 일례로 '미망인'이나 상품화된 육체는 남성 주체에게 매혹의 기표로 다가온다. 그런가 하면 가족공동체를 붕괴시키는 위협적인 존재로 다가오기도 한다. 문제는, 남성 주체가 성 상품화된 여성의 몸을 자신에게 허용함으로써 가족관계로 맺어진 여성의 몸을 욕망 장소로 허여許與하지 못한다는 데 있다.

　결혼은 타의든 자의든 두 사람의 의사로 맺어진 결속

관계이다. 제도권의 결혼은 아직도 남성 주체가 통제권을 겸하고 있어, 여성의 성 구속으로 이어질 가능성이 크다. 이에 반해 성 상품화한 여성의 몸은 남성 주체와 쾌락과 위반을 도모하며 색다른 자아 감각 형태를 드러낸다. 따라서 남성 주체로부터 배제된 여성은 제 몸의 특성을 읽어내고 '말하기'를 통해 이들에 대한 애증을 부정성으로 표출하고 있다. 「너무 늦은 당신」, 「꽃구름 바람」, 「지금 내게로 오는 중일까요」, 「꽂힌 말」, 「봄날」, 「시간 도려내기」, 「오랜 시간이 걸렸어요」, 「꽂힌 말」 등의 시가 그러하다.

당신에겐 암벽 같은 존재였나요?

사막 한가운데서
가부좌를 틀고 돌아앉았네요

몸 한 쪽이 웅덩이여서
하늘과 말하는 몽상가가 되고 싶었나요?

그것도 아니라면 모래하고 놀았나요, 그랬던가요

사막이라면서 사막을 모르는 당신이
바람의 무늬만 그리고 있죠
심장을 거침없이 굴리기만 하죠

귀를 막고, 눈도 감아
바람의 심장을 거침없이 굴렸나요

매듭을 만들고
화관을 씌워주고 밤의 풀숲 뒤에 숨어
귀고리를 풀어줬던가요

반짝이는 눈으로
당신에게 비단 금침을 내어주며
반지를 끼워달라고 졸라겠지요

—「너무 늦은 당신」 부분

남성 주체에게 배제된 시적 주체는 '말하기'를 통해 남성 지배질서에 대한 반격을 서두른다. 지금까지는 시적 주체가 반가의 미덕인 몸의 역동성과 욕망을 내면에만 내재했다면, 지금부터는 남성 질서에 저항하는 여성의 몸이 되어 '말하기'로 애증을 드러내고 있다. "당신에겐 암벽 같은 존재였나요", "하늘과 말하는 몽상가가 되고 싶었나요?", "귀고리를 풀어줬던가요", 단호한 물음의 어조에서 알 수 있듯, 시적 주체의 언어적 태도에는 남성 주체의 부정적 행위에 대해 의식적이고도 공격적인 도발 행위가 들어 있다.

여성의 몸은 공적 관계에서는 배제되고 사물화되었지만, 사적 관계에서는 자식을 재생산하는 자궁의 힘을 가졌기 때문에 그동안 남성 가부장제로부터 찬사를 받아

왔다. 하지만 시적 주체가 한순간에 추락하고 있으니 반항 정도로는 약한 편 아닌가. 더욱이 남성 주체는 상품화된 여성 육체와 성적 쾌락을 공모해 시적 주체를 '암벽' 대하듯 하고, 광막한 길에 독꽃으로 피게 놔두었다. 여기서 여성의 몸은 존재에서 비존재로 언어 형태 변용이 일어나는데, 이는 '가부좌'이고 암벽이라서 치환은유가 된다. 이 은유는 남성 주체에게서 성욕망이 배제된 '여성의 몸'이다.

시적 주체의 몸은 자신을 모든 것에서 배제시키는 이 남성 주체를 물음과 질타로 반격하지 않을 수 없다. "화관을 씌어주고 밤의 풀숲 뒤에 숨어 귀고리를 풀어줬던가요", 그녀가 당신에게 "비단 금침을 내어주며/ 반지를 끼워달라고 졸랐겠지요" 시적 주체가 소재로 선택한 '화관', '귀고리', '비단 금침', '반지' 등은 결혼의 환유이며, 이 시행만 놓고 봐도, 남성 주체는 제도적 혼인관계에 있는 시적 주체를 두고 또 다른 여성의 몸을 취하고 있다는 걸 알 수 있다.

남성의 일탈은 가족과 충돌하면서까지 상품화된 육체성을 보호하기 위해 '분홍색 시치미'를 뗀다. 그 이면에는 남성 주체가 거대 자본주의 사회의 권위 속에 균열된 욕망을 '수궁가 부르는 기생', '미망인', '상품화한 여성 몸의 취하를 통해 잃어버린 근원을 회복하고자 하는 의미가 들어 있다.

남성 가부장 질서가 현실 세계에서 부정적이고 일탈적인 행위를 하게끔 했다면, 시적 주체 또한 스스로를 훈

육해 일탈적인 행위를 하고 있다. 일탈의 욕망은 시적 주체가 현실 세계의 검열을 피해 일반적인 여성 표면화의 이면에서 자신에게 혜택이 돌아오고자 하는 감정이다. 결국 여성 몸의 욕망은 남성 주체에게 배제된 애증이고, 심리적 일탈이라고 할 수 있다. 성욕망에 관한 시가「화폭 속의 사랑」이다.

이젤을 편다 속초 델피노 앞마당에서

설악의 불끈 솟은 힘줄이 확 달려들어,
잠시 붓을 멈춘 채
겸재의 눈동자를 내 속으로 끌어들인다

밤의 얼굴이다

그의 촉촉한 눈이 소름돋을 듯
내 안에 굴러다녀
소악루에서 그와 달춤을 춘다

내 눈빛은 풍선을 잡아타고

삼백 년 전 뱃놀이하던 밤으로 돌아가는데
어느 틈엔가
겸재가 내 곁에 바짝 붙어 둥근 거울방을 만든다

한지 문 위로 팔월의 달이 휘영청

ー「화폭 속의 연인」 전문

　　이 시에서 사랑의 감정은 가족제도와 여성의 몸이 충
돌하는 지점에서 싹튼다. 화가로서 시적 주체의 감정은
남성 주체에 대한 욕망과 달리 억압이라는 보상의 한 표
현이다. 그런데도 시적 주체의 욕망 대상은 현실적인 남
성이 아니라 비실재적 환상 세계의 남성이다. 그 환상적
인 사랑의 대상이 화가인 삼백 년 전의 '겸재'이다. 그러
고 보면 시적 주체의 사랑은 성욕망이라기보다는 아이
들과 부권의 규정 속에 대상화된 여성 몸의 자유화라고
할 수 있다. 환상에 놓여 있는 시적 주체에게 겸재는 욕
망을 충족시켜줄 매개체로 등장한다.

　　이때 환상의 촉발점은 '설악의 힘줄'이다. 설악의 능선
이 겸재의 〈진경산수화〉 속 금강산 능선과 유사하고, 남
성의 불끈 쥔 팔 힘줄 또한 겸재의 비유라서 시적 주체는
그와 에로틱한 사랑을 나눈다. '소악루에서 달춤'을 추
고, 풍선을 탄다. 그런가 하면 '삼백 년 전 뱃놀이하던 밤
으로 되돌아가기도 한다'. 시적 주체에게 겸재는 '원형'처
럼 가슴을 달뜨게 하는 존재이다. 그 결과 원형은 여성
의 풍만한 몸과 겸재의 불끈 쥔 팔 힘이 어우러져 에로티
시즘의 전유를 형성하게 된다. 한지 문 위로 휘영청 달
이 뜰 때, 시적 주체의 방은 겸재를 되비추는 거울방이
된다는 것이 그것이다. 이 외에도 시적 주체는 「아몬드
꽃」 그림과 관련해서 두 타자를 사랑하고 있다.

상자를 꺼내
아몬드꽃 그림에 고이 싸인 묵주를 만지작거린다
고흐의 화구상 냄새가 들어와 있다

테오의 아들이 태어난 징표로 고흐가 보냈다는
아몬드꽃 그림

오래 전 네가 준 상자 속에는
아몬드 꽃그림 포장지가 들어 있다
아몬드꽃이 너를 지나 테오를 넘어
몇 계절의 봄을 애타게 지켰다

때때로 같은 무늬 때문에 사랑이 엉키기도 한다

고흐도 너도 오랜 침묵 속에서
다투어 빛나던 저 발그레한 송이들

분홍이 살아 움직이는 자리에서
오월의 성모는
미사보로 나를 감싸고 있다

—「아몬드꽃」전문

이 시에서 시적 주체는 묵주를 포장한 포장지를 보다가 과거 '아몬드꽃' 상자를 선물한 너를 떠올린다. '아몬드꽃' 그림은 시에서 중복의미가 있다. '너'와 '고흐', 시적 주체가 아몬드꽃을 통해 표현하고자 하는 것은 "아몬드 꽃이 너를 지나 고흐를 넘어/ 몇 계절의 봄을 애타게 지켰다"는 것이다. 비록 둘에 대한 사랑이 식지 않았지만, '아몬드꽃 그림' 때문에 두 사랑이 엉켜 헤어지게 된다. 시적 주체가 두 사랑을 지켜내지 못했다는 뜻에서 이 시는 비운의 환상적 사랑이라고 할 수 있다.

위의 시들을 살펴보면, 시적 주체의 사랑은 가부장 질서에 반하는 비실재적인 사랑이다. 시적 주체의 애증을 위한 위반은 실재에서든 비실재에서든 실현되지 않아 그녀의 사랑은 죽은 사랑이라고 할 수 있다. 왜냐하면 이타적이고 대상적인 시적 주체는 남성 주체와 아이들의 양육으로 규정지어진 몸이라서 현실을 벗어날 수 없고 감당할 수 없다. 이런 상태에서 여성의 사랑이 어떻게 가능할 수 있는가, 어떻게 자신의 성욕망을 표출할 수 있는가,

조갑조 시인의 여성 몸에 대한 '말하기'는 일탈적 몸에 관한 언어적 담론이다. '말하기'로 나타나는 이 여성의 사랑은 현실에서 이루어질 수 없고, 환상에서나 가능한 사랑이다. 환상적인 사랑은 남성 가부장제에 대한 여성의 저항이기에 앞서, 기혼 여성들의 주테마인 기억을 소환해서 쓰는 자아실현의 한 재현 형태로 이용되고 있다, 결국 조갑조 시인이 말하는 이타적 여성의 몸은 남성 가부장제 질서로부터 부정당하지만, 반대급부에서는 감정의 방출을 통해 사랑이라는 여성의 욕망을 낳는다. 하지만 그 욕망은 충족되지 않고 결여로 남는다. 왜냐하면

시인이 욕망의 결여를 부성에게 말하기도 전 이미 그는 죽음을 맞이했기 때문이다. 그 때문에 여성의 사랑은 애도로 변이되고, 그 변이는 내세에서 그와 결합할 것을 다짐하며, 사랑을 내면에 흡수하게 된다.

3. 남성 주체의 죽음과 시적 주체의 사랑

현실 세계에서 가족구성원에게 가장 강력한 권력을 쥔 자는 가부장제의 남성 주체이다. 그런데 이 주체가 죽은 것이다. 죽음은 도덕적 책임의 응답을 멈추거나 "불가능한 회피로서의 응답을 함축하고 있다"(『신, 죽음 그리고 시간』, 에마뉘엘 레비나스, 그린비, 2013, 174쪽) 또한 가부장제의 남성 주체는 가족과의 관계를 이루던 것에서 해방되어 사회적 관계 속의 연속성으로 남는다. 결국 남성 주체의 죽음은 타인들의 개인사와 동일하게 사회적 개인사로 남는다. 그에 반해 조갑조 시인은 가부장제의 남성 주체에게 완전한 사랑을 갈구하던 욕망에서 벗어나 세계에 대한 완전한 자유를 보장받는다. 동시에 남성 주체에 대한 원체험과 추체험의 기억을 소환해서 '말하기'로 사랑시를 펼쳐나갈 수도 있다. 「하늘 배송」, 「지금 내게로 오는 중일까」, 「자갈밭」, 「한 곳으로 부는 바람」 등이 이에 속한다.

남성 주체의 죽음은 병으로 인해 유한성에 종지부를 찍는다. 죽음에 관한 시가 「명사가 활발한 당신」, 「고스트」, 「문자에 돌돌 말리는 오후」, 「옛일」, 「빈방」, 「불망가不忘歌」, 「조용한 암막」, 「봄날」 등이다.

관뚜껑 위로 커피가 출렁댄다
알약들이 걸어다닌다
바늘이 춤을 춘다

술병 위, 개구리가 앉았다
햇살이 구두 속에서 탈출한다
상여꾼들이 민들레 위에 앉았다

봄날을 생각하면
마음이 타들어간다
발자국을 생각하면
꽃들이 시커메진다

길가에
상여꾼들은 언 땅 위에서 서서 고개 내밀고 있는 민들
레 싹을 밟는다
통곡하는 상주를 보면서 상여꾼들은 눈으로 환생을
본다

술을 뿌린 봄
꽃상여가 그 봄을 삼킨다

—「봄날」전문

유기체의 가장 큰 사건은 죽음이다. 남성 주체에게도
유한성의 시간이 도래해 죽음을 맞는다. 생명의 멈춤은

가족과의 관계에서 벗어나 사회적 연속성과 관계한다. 남성 주체가 왜 죽었을까, 감각적이고 현실적인 죽음의 환유는 '커피', '술병'으로 나타난다. 환유를 통해서 보면 남성 주체는 잘못된 식습관으로 인해 "고혈압 당뇨를 앓"았고, "뇌가 면발처럼 쪼그라져"(「불망가不忘歌」) 죽음에 이른 것이다. '알약' '바늘'은 남성 주체가 병원에서 고통의 나날을 보내다가 유한성의 한계에 봉착한 고통의 표징이다. 「또 하나의 실금」에서도 부성의 죽음이 나타난다.

그물에 걸린 물고기처럼
노폐물의 핏줄에 저당잡힌
낡은 몸이 고혈압, 당뇨를 앓는다

하얀 가운들의 퉁명스러운 말을 들었을 때처럼
몸의 핏줄을 점검하듯
다기 속 실금들의 길을 따라가본다

— 「또 하나의 실금」 부분

이 시에서 남성 주체는 병으로 인해 현실 세계에서 소멸한다. 고혈압과 당뇨병이 남성 주체를 죽음으로 몰고 간 원인이다. 시적 주체는 죽음의 동일화를 탐구하기 위해 스스로를 다기에 투사하고 있다. 자신을 다기에 투사함으로써 자신의 삶은 배제되고, 오직 다기의 내적 속성을 따르게 된다. '실금'은 주체의 죽음이라는 현실 세계

123

의 틈새이다. 이것을 비집고 온 것이 죽음이다. 죽음은 남성 주체에게 현실 세계에 대한 사망 선고이며, 부정성이다.

남성 주체의 죽음은 시적 주체에게 상징 질서에서 불합리를 보여주고, 죽어서도 부정성을 보여준다. 부성이 죽었기에 시적 주체는 어떤 기억의 감정이 일어난다. 가부장제 부성에 부정당하던 기억이 그녀의 현재시간 속에 몰려와 왜 슬픔을 남기는 걸까, "봄풀조차 무겁게 피던 날"(「입국入國」)과 "사방 저녁 안개가 퍼져 눈물이 없을 것"(「나쁜 그림」) 같은 날은 역설적으로 남성 주체의 부정성을 보던 젊은 시절의 통증이 되살아나 슬프다.

한편, 기억은 서정시의 중요한 소재적 의미라서 시적 주체에게도 "당신을 나르는 그곳으로 두 손을" 뻗고, "내일을 마중"(「한 곳으로 부는 바람」)하게 만든다. 이 시행을 보면, 시적 주체가 부성을 향해 내세의 욕망을 드러내고 있음을 알 수 있다. 따라서 시적 주체의 사랑은 오직 가부장제 질서의 부성에만 닿아 있는 것이다. 이 외길 사랑은 "내 몸에 몇 겹의 달빛이 새겨지는 꿈"이어서 그녀에겐 체험적 진실의 근원이 된다.

『입술이 칸나 꽃잎처럼』에서 남성 가부장제 질서를 탐구하던 조갑조 시인은 이 질서를 향해, 여성에게도 이성이 존재하기에 이 질서에서 여성을 배제하는 것은 불평등하다고 주장하고 있다. 그들은 여성의 몸을 보호한다는 명목 아래 억압을 가했고 고통을 주었다. 이런 점에서 시인의 내면에서는 아직 방출되지 못한 외침이 있고,

'말하기'로서의 토로가 있으며, 가부장제 부성에 대한 완전한 사랑이 결여 형태를 드러내고 있다. 하지만 그녀는 어느 페미니즘 시인들의 시처럼 그들에게 강한 복수성을 공유하지 않는다. 남성 가부장제에 대한 반항과 애증을 과하거나 모자라지 않게 방출하고 있는데, 이 같은 태도는 시대와 발맞추는 현대 시인의 또 다른 시적 표현이 아닐까, 중심을 잘 잡는 시인의 태도와 감정이 작품에 스며들어 빛의 스펙트럼을 형성하고 있다.

검은 빛과 흰 빛은 시인이 생물학적 '여자다움'을 거부하고, 사회적 여성으로서 거듭나 남성 위치의 고정화 폐지를 말하는 방출 스펙트럼이다. 그에 반해 노란 빛과 분홍빛 스펙트럼은 사랑의 욕망을 꿈과 환상으로 충족해서, 내세에는 가부장제 부성과 자신이 사랑의 합일을 이루고자 하는 염원의 흡수 스펙트럼이다. 두 상반된 스펙트럼 현상은『입술이 칸나 꽃잎처럼』의 시적 특성일 것이다. 조갑조 시인의 세 번째 시집 출간을 축하하며, 이후 시집에서도 스펙트럼이 더 넓어지길 빈다.

입술이 칸나 꽃잎처럼

지은이_ 조갑조
펴낸이_ 조현석
펴낸곳_ 북인
디자인_ 푸른영토

1판 1쇄_ 2024년 11월 29일
출판등록번호_ 313 - 2004 - 000111
주소_ 121 - 842 서울 마포구 서교동 460 - 34, 501호
전화_ 02 - 323 - 7767
팩스_ 02 - 323 - 7845

ISBN 979-11-6512-102-0   03810
ⓒ조갑조, 2024

**이 책은 2024년 한국예술인복지재단
창작준비 지원금으로 발간되었습니다.**